ADAM ET ANNA-ÉLIA À SHANGHAI

Rendez-vous au grenier !

Adam

Adam Bigot et
Florence Bigot-Cormier

Adam et Anna-Élia à Shanghai

Mardi :

La montre à gousset

Roman

Éditions Persée

Du même auteur

Adam et Anna-Élia à Shanghai,
Lundi: La trompette magique,
2020, Éditions Persée

Ce livre est une œuvre de fiction. Les noms, les personnages et les événements sont le fruit de l'imagination de l'auteur et toute ressemblance avec des personnes vivantes ou ayant existé serait pure coïncidence.

Consultez notre site internet

Pour tout contact:
Éditions Persée – Centre Chester Carlson
ZAC du Moulin des Landes – 2 rue Gutenberg,
44980 Sainte-Luce-sur-Loire
www.editions-persee.fr

NOTE DES AUTEURS

La police OpenDyslexic utilisée dans cet ouvrage, a été spécialement développée et conçue pour les personnes dyslexiques afin de faciliter la lecture, l'apprentissage et le travail. C'est une police de caractères révolutionnaire qui, grâce à ses spécificités uniques, permet à tout le monde d'atteindre son plein potentiel.

Adam et Anna-Élia sont frère et sœur. Ils vivent à Shanghai depuis leur naissance et en cette période du Coronavirus, ils sont coincés à la maison. L'école se fait chez eux grâce à leurs enseignants qui envoient le travail à réaliser jour après jour. Leur maman est enseignante, elle fait ses cours à distance pour ses élèves, elle passe donc beaucoup de temps dans son bureau en les laissant seuls.

Ils vont passer leur temps libre dans le grenier où leur imaginaire va leur permettre de s'évader et de vivre des aventures extraordinaires chaque jour...

CHAPITRE 1
NOTRE NOUVELLE ROUTINE

Le réveil vient de sonner. Ma première réaction est de me tourner de l'autre côté du réveil qui annonce 7h45. Puis très vite, un souvenir me réveille, je me rappelle notre aventure d'hier et d'un coup mes yeux s'ouvrent. Je n'ai pas le temps de m'asseoir dans mon lit qu'Anna-Élia, ma petite sœur est déjà dans ma chambre, habillée et prête à aller prendre son petit-déjeuner.

— Viens vite Adam, me dit-elle, il ne faut pas perdre de temps pour aller faire nos devoirs du mardi!

À l'écouter parler ainsi, on pourrait croire que c'est une folle de travail et qu'elle est ravie d'aller faire les exercices de lecture, d'écriture, de maths, de chinois et d'anglais, envoyés par ses professeurs.

En fait, je sais ce qui lui donne cette énergie... le même souvenir que ce qui m'a réveillé: retourner dans le grenier et vivre une nouvelle aventure!...

La voilà qui descend déjà à la cuisine. Je lui crie:

— Attends-moi!

Bon, trop tard, rien ne l'arrête. Je m'habille en quatrième vitesse. Zut, je mets les deux pieds dans la même jambe. À vouloir aller trop vite je perds du temps... et puis mon tiroir à chaussettes propres est encore vide. Ah zut, tant pis, j'y vais sans chaussette. De toute façon je déteste tellement les chaussettes que maman me dit quasiment quotidiennement que je suis un « coincé de la chaussette! »

Je mets mon T-shirt. Ça y est je suis prêt. Je descends vite pour rejoindre Anna-Élia au petit-déjeuner. Elle a bientôt fini de manger et maman a déjà imprimé tous ses exercices. Elle va pouvoir s'y mettre après avoir regardé la vidéo journalière de son professeur de français qui, comme un rituel, débute son travail de la journée.

Moi, j'avale mon chocolat au lait et ma tartine.

Dans la précipitation, j'ai oublié de mettre ma serviette, maman me dit :

— Attention Adam de ne pas te couvrir de chocolat sinon il faudra retourner dans ta chambre te changer !

Il manquerait plus que ça, déjà qu'il faudra que j'aille me laver tout le visage car après chaque petit-déjeuner j'ai plein de moustaches sucrées, mais si en plus je dois me changer, je ne suis pas près de terminer mon travail du jour !

Maman nettoie la table du petit-déjeuner pour y installer Anna-Élia. Moi, j'avale ma dernière bouchée et hop, direction la salle de bain pour un nettoyage rapide avant de m'asseoir derrière l'ordinateur pour découvrir les activités du jour.

Tout le monde travaille. Maman fait des allers-retours entre la cuisine et le bureau pour nous aider et reformuler les consignes si besoin. Elle semble surprise. En effet, pour une fois personne ne manifeste d'énervement, ou de colère. Tout le monde est bien concentré sur son travail et tout avance très vite. Même Anna-Élia qui a une sainte horreur de la copie du matin, recopie la date et les phrases du jour méticuleusement sans se fâcher.

Pourtant aujourd'hui on a beaucoup de devoirs donc on ne pourra pas monter au grenier avant le déjeuner.

Après trois heures de travail et deux récréations de quinze minutes à jouer au basket dehors avec notre grande sœur Emma, nous terminons tous les deux notre travail du jour, quel soulagement!

Je retrouve Anna-Élia dans la cuisine qui, contente d'elle, me lance un sourire:

—Quel bonheur d'avoir fini! me dit-elle. Maman a déjà commencé à cuisiner.

—Moi aussi j'ai fini! je rétorque et je continue sans parler trop fort et en faisant un clin d'œil à Anna-Élia.

— Cette fois-ci c'est sûr, nous pourrons monter après le déjeuner!

Nous débarrassons la table des exercices du matin pour y déposer les assiettes et les couverts. Ça y est, tout est prêt et le repas aussi. Quelle organisation!

Maman commence à se poser des questions:

— Qu'est-ce qu'il vous arrive aujourd'hui! Vous avez l'air pressé de tout faire: les devoirs, le repas... Qu'est-ce que vous avez derrière la tête?

On se regarde avec Anna-Élia, vite il faut que je trouve une réponse plausible:

— Nous avons prévu de faire une construction dans ma chambre. Nous y avons réfléchi hier. Nous pensons faire un château-fort avec les plaques en bois, les tiges en plastique et les formes magnétiques. Comme ça va être long, nous essayons d'être rapides pour avoir tout notre après-midi libéré!

— Chouette, bonne idée! Vous me montrerez ce que vous aurez construit après? nous demande-t-elle.

— Oui bien sûr..., je réponds tout doucement.

Bon c'est sûr, ce n'est pas terrible... ça donne l'impression que j'ai un peu menti. Cependant, maintenant que nous sommes des spécialistes du Moyen-âge avec notre aventure d'hier, nous serons peut-être rapides à faire cette construction à notre retour du grenier! Ainsi, nous pourrons vraiment lui montrer notre chef-d'œuvre.

CHAPITRE 2
C'EST REPARTI!

Nous finissons le repas et nous sortons de table après avoir aidé maman à la débarrasser.

Nous parcourons le même trajet qu'hier. Avant de monter au grenier, nous faisons un crochet par nos chambres pour ouvrir les portes et les refermer, donnant ainsi l'impression que nous y sommes bien entrés. Puis, nous montons tous les deux, l'un derrière l'autre vers le grenier. Anna-Élia ouvre le chemin. Elle attend ce moment depuis son réveil. On arrive devant la minuscule porte découverte hier, au-dessus de nos chambres, au quatrième étage. Nous y entrons à quatre-pattes et nous la refermons. Anna-Elia sait maintenant où se trouve l'interrupteur. Elle se redresse et appuie dessus pour allumer la lumière. Ça y est, on y est. On se regarde sans rien dire, les yeux pétillants, en nous demandant sur quoi nous allons tomber aujourd'hui!

Le grenier est tellement plein de vieilleries qu'on doit faire de grands pas et bien lever les pieds pour enjamber tout ce qui traîne. C'est une vraie « caverne d'Alibaba ». Il y en a autant à l'horizontale qu'à la verticale. Nous nous enfonçons dans la grande pièce, un peu plus loin qu'hier. C'est un vrai labyrinthe. Anna-Élia et moi ne prenons pas le même chemin. Je vais vers la gauche alors qu'Anna-Élia continue tout droit. Je lui dis:

— Anna-Elia, je te propose de chercher un objet qui nous plaise et quand chacun de nous en a trouvé un, on se retrouve ici et on se le montre. Ensuite on décidera lequel des deux on choisit, d'accord?

—Oui, bonne idée! me répond-elle. À tout à l'heure, bonne chasse! et elle sourit en continuant ses enjambées.

Je regarde autour de moi. Il y a tellement de poussière que tout semble gris. Je m'arrête un instant et je prends le temps d'observer sans aller trop vite. Devant moi se dresse une grande pile avec beaucoup de livres posés sur une vieille malle chinoise, de couleur marron-rouge je pense, sous la poussière... À ma droite, je distingue un vieux vélo et des pots de porcelaine. À ma gauche, il y a une table avec une autre malle dessus puis au-dessus encore, un télescope et posé à califourchon, un clown multicolore! Sa couleur me saute aux yeux dans tout cet environnement poussiéreux, il a l'air étincelant à côté du reste. « Chouette! », je me dis que j'ai enfin trouvé ce que je vais montrer à Anna-Elia. Il est un peu haut, alors je regarde à mes pieds. J'y vois des petits tabourets de bois et des planches. Je fais un montage des plus hétéroclites pour arriver à m'élever et hop, je récupère le clown en équilibre sur le télescope. Je saute de ma construction et je me mets à éternuer trois fois de suite! J'ai tellement bougé la poussière qu'elle est venue chatouiller mes narines!!

Je reviens à l'endroit du rendez-vous où j'attends ma sœur.

Elle ne tarde pas à revenir, elle aussi. Elle semble ravie de sa découverte. Une de ses mains est dans son dos, je comprends qu'elle veut me faire une surprise. Je fais comme elle, je mets le clown derrière moi. Elle me rejoint et me dit.

—Tu as trouvé quelque chose Adam?

—Oui j'ai un objet, je réponds.

—Bon, à trois on se les montre, d'accord?

—D'accord.

Elle se met à compter:

—Un, deux et... TROIS, crie-t-elle.

Nous présentons nos objets le bras tendu. Anna-Élia a trouvé une montre à gousset en argent et je lui présente fièrement mon clown multicolore. Elle s'écrie:

—Ah! Elle fait peur ta marionnette. Regarde ses yeux!

Je ne comprends pas, je la trouve jolie moi, avec ses lignes orange sur les yeux, ses cheveux rouges et son habit d'Arlequin. Je lui réponds:

—Pourquoi tu dis ça? Moi je le trouve charmant ce clown!

—Non vraiment, il me fait peur, je préfère mon objet Adam.

Je coince le clown contre moi sous mon bras et je regarde ce qu'elle me présente en le prenant dans mes mains. C'est une montre à gousset qui semble des plus banales ma foi, avec une belle chaîne argentée. Cependant, en y regardant de plus près, elle a la particularité d'avoir un cadran à aiguilles de vingt-quatre heures et non de douze heures comme nous avons aujourd'hui sur nos montres. Voyant que je m'y intéresse, elle ajoute:

—J'ai soufflé dessus et J'al un peu frotté pour la faire briller.

Elle s'arrête, me voyant la tourner et un peu gênée elle ajoute.

—En revanche, à force de frotter, la petite plaque de derrière s'est ouverte et je n'arrive pas à la repositionner.

En effet, on peut voir au dos tous les engrenages argentés de cette montre. Je suis ébloui par toute cette fine mécanique et je conclus:

—C'est magnifique! Tu as raison, c'est cette montre que nous allons choisir.

—Ouiiii! s'écrie Anna-Élia en frappant des mains et en me faisant un gros bisou.

Je dépose le clown derrière moi sur une autre pile de vieilleries poussiéreuses et je repositionne la petite plaque au dos de la montre qui protège le mécanisme fragile. Tout en m'attelant à la tâche, je lui dis.

—Anna-Élia, les vieilles montres de ce type, il faut les remonter.

Elle semble surprise et me demande:

—Ça veut dire quoi Adam, « il faut les remonter »?

Elle se rapproche de moi et se met sur la pointe des pieds pour bien observer mes manipulations. Je lui pointe alors du doigt un petit bouton sur le côté et j'ajoute.

—Tu vois, c'est ce bouton là qu'il faut tourner pour resserrer un petit ressort à l'intérieur. Une fois comprimé, il se détend petit à petit et il donne l'énergie à tout le mécanisme qui permet d'actionner les aiguilles en phase avec le temps qui avance. Il faut le tourner jusqu'à ce qu'il bloque, cela signifie que le ressort est bien en place.

En tournant, je lève les yeux autour de moi. En effet, je m'attends à ce que quelque chose se passe mais... Non, zut, c'est décevant, rien n'apparaît...

—Mince, le portail de l'imaginaire ne vient pas aujourd'hui... me dit Anna-Élia attristée. On ne va pas pouvoir sortir de la maison se promener, ajoute-t-elle.

—Attends Anna-Élia, maintenant je vais la mettre à l'heure. Pour ce faire, je vais tirer sur le même bouton avant de le tourner. Ainsi, je vais actionner les aiguilles pour bien les positionner. Peut-être qu'en faisant cela, la lumière bleue va apparaître!

Je m'exécute toujours sous le regard attentif de ma petite sœur.

Au moment où je commence à tourner tout doucement les aiguilles de la montre, la même lumière bleue que la veille apparaît petit à petit.

— Elle arrive, elle arrive! s'écrie Anna-Élia très contente. Vas-y Adam! poursuit-elle.

Je continue à actionner les aiguilles, tout en observant cette masse bleue grandir, grandir, GRANDIR... Cette fois encore, elle nous englobe tous les deux. La montre mise à l'heure, je prends vite la main d'Anna-Élia et de l'autre, je serre très fort la montre à gousset.

Et hop, nous voilà encore aspirés. Cette fois-ci nous n'avons pas peur, nous savons que c'est rapide et que notre atterrissage est doux, donc aucune inquiétude à avoir. Nous restons silencieux pendant les quelques secondes du trajet, Anna-Élia a même un petit sourire en me regardant du coin de l'œil. Et puis ça y est... notre court voyage se termine.

Nous nous posons sur du sable. Nous nous regardons et aujourd'hui nous sommes habillés tous les deux comme des aventuriers: un short beige, de grandes chaussettes blanches avec de bonnes chaussures de marche et un tee-shirt blanc. Sur notre tête est posé un chapeau beige pour nous protéger du soleil. Et pour finaliser notre tenue, nous sommes recouverts d'une veste sans manche assortie au short et pleine de poches. Anna-Élia fouille dans toutes ces poches, pour voir s'il y a quelque chose d'intéressant, mais non elles sont vides...

—Chouette, on va pouvoir les remplir! me dit-elle et elle ajoute, maman ne nous reconnaîtrait pas, hein Adam!

—Oui c'est sûr, on a vraiment l'air d'aventuriers aujourd'hui!

Après nous être inspectés, nous regardons un peu autour de nous. Ce sable qui, hier, nous a tellement aidés en se transformant en notes de musique magiques multicolores est, ici, déposé sur une grande étendue.

—C'est un désert! s'exclame Anna-Élia, les yeux bien ronds.

—Oui, je reprends, et cette fois-ci on se rend tout de suite compte que nous ne sommes pas dans notre monde habituel, tu as vu Anna-Élia?

Elle acquiesce d'un signe de la tête, toujours le sourire aux lèvres.

En effet, ce désert n'est pas de couleur uniforme. Cette étendue de sable est parsemée de trainées sableuses ocres, noires, blanches, beiges, ou encore d'un bleu intense lapis-lazuli représentant de magnifiques dessins, comme des tableaux, ou encore de vieilles tapisseries royales présentes sur les murs des salons des châteaux de la Renaissance. Sur ce tapis, au loin, à différents endroits, sont posés de petits triangles en trois dimensions, qui brillent sous le soleil. Tout en pointant mon doigt pour lui montrer, je m'écrie:

—Des pyramides Anna-Elia, regarde, il y en a plusieurs là-bas et aussi ici!

—Qu'est-ce que c'est? me répond-elle.

—Anna-Élia, des pyramides, ce sont des tombes que l'on construisait dans l'ancienne Égypte il y a 4500 ans environ!

La voyant surprise, je me rapproche d'elle et je poursuis:

—Ces tombeaux étaient construits pour les rois et les reines car les Égyptiens pensaient qu'il y avait une autre vie après la mort. Donc, ils construisaient une tombe qui ressemble à un palais comme dernière demeure pour le pharaon. Afin qu'il ne manque de rien, on accompagnait le défunt de nombreux objets précieux, de vaisselle, de meubles, de serviteurs miniatures...

Anna-Élia m'écoute attentivement sans rien dire, elle semble intéressée, alors je continue.

— Sur les murs des pyramides, il y a plein de peintures murales, des hiéroglyphes, qui racontent l'histoire des dieux que le pharaon va rencontrer dans l'autre monde. Et le plus fascinant c'est que ce sont de vrais labyrinthes et il est très difficile de retrouver la tombe et ses trésors. C'était une façon de la protéger des pilleurs!

Elle m'arrête et me demande:

— Des quoi?

— Des pilleurs, ce sont des voleurs de trésors! je lui réponds, et je finis en concluant, ça veut dire que nous sommes en Égypte!

Quand tout à coup, on entend derrière nous:

— Bravo Adam!

Nous nous retournons surpris et en chœur, Anna-Élia et moi, nous écrions réjouis:

—Le Maître du Temps!

—Bonjour les enfants, je vous avais bien dit qu'on se retrouverait rapidement!

Nous avons le sourire jusqu'aux oreilles! Nous lui faisons un signe de tête et je lui réponds:

—Bonjour Maître du Temps, nous sommes très heureux de vous revoir et impatients d'aller nous promener aujourd'hui.

—Les enfants ne perdez pas de temps car vous avez beaucoup de choses à faire ici. Vous êtes arrivés dans l'imaginaire du propriétaire de la montre à gousset de vingt-quatre heures. Gardez-la bien dans votre poche car pour retrouver le propriétaire, cette montre vous sera très utile!

Cette fois-ci, afin de bien suivre le conseil du Maître du Temps, c'est moi qui porte la montre. Je la glisse dans une des nombreuses poches de la veste, en faisant bien attention à me souvenir dans laquelle je la dépose pour la retrouver facilement.

Puis le Maître du Temps ajoute:

—Les enfants vous devez trouver le sphinx qui veille sur les pyramides depuis 4500 ans, c'est lui qui vous indiquera où est l'indice pour trouver le propriétaire!

Anna-Élia et moi nous retournons vers les pyramides que nous avions vues tout à l'heure et alors que j'allais remercier le Maître du Temps et m'assurer qu'il ne sera pas trop loin de nous pendant toute cette balade, trop tard. Quand je me retourne il est déjà parti. Je regarde Anna-Élia et lui lance:

—Bon, décidément, à chaque fois, ses arrivées et ses départs sont toujours aussi surprenants!

Je ne bouge pas un instant, le temps de m'en remettre et je poursuis:

Allez! Partons dans la direction des pyramides afin de trouver ce sphinx!

CHAPITRE 3
LE MÉCANISME

Cette balade vers les pyramides est très agréable. Nous en avons plein les yeux. Nous avons l'impression de marcher sur des œuvres d'art. Anna-Élia s'en amuse et suit les lignes ocres, elle fait donc des détours, mais ça n'a aucun impact sur la durée de notre trajet. En effet c'est bizarre, lorsque l'on fait un pas on se rapproche du champ de pyramides de dix. C'est un peu comme si on était sur ces tapis roulant horizontaux des aéroports qui sont là pour ne pas fatiguer les voyageurs. Je ne sais même pas si Anna-

Élia s'en rend compte tellement elle est concentrée à suivre les lignes de sable.

Ainsi, très vite, sans trop de fatigue, on se retrouve tout près des premières pyramides.

On regarde un instant tout autour de nous et Anna-Élia me dit:

—Regarde, il y en a même une en construction par ici! en me la montrant du doigt.

En effet, une pyramide est en construction devant nous, pourtant de nos jours, personne ne bâtit plus ces gigantesques architectures. Tout en réalisant ce que nous vivons, je dis à Anna-Élia:

—Ça veut dire que nous avons remonté le temps dans cet imaginaire. Nous sommes maintenant dans l'ancienne Égypte! Un pharaon est peut-être sur le point de mourir alors les Égyptiens préparent sa dernière demeure.

Devant nous, il y a des centaines de travailleurs égyptiens: des maçons, des tailleurs de pierre... Certains tiennent des plans sur du papyrus, un support souple comme du papier, fabriqué à partir d'une plante aquatique du Nil: ce doit être les architectes. Ils sont en train de construire une pyramide en pierre avec de drôles d'échafaudages à suspension pour déposer les gros blocs de roche. Je poursuis:

—Regarde Anna-Élia, elle sera à côté de la plus grosse! et je m'arrête net.

Anna-Élia est surprise et m'interroge:

—Quoi, qu'est-ce qu'il y a?

Je regarde tout autour de nous à nouveau, un peu plus précisément et je lui dis:

—Regarde Anna-Élia! Les pyramides sont toutes différentes et les autres ne sont pas construites en pierre.

Je reste silencieux quelques secondes pour mieux observer et je poursuis:

—De loin, on avait l'impression que tout était normal car le soleil reflétait sur leurs surfaces, mais là de près, ça n'a plus rien à voir. La pyramide en construction est à côté de la plus grosse et cette énorme pyramide est gonflable! Comme les châteaux sur lesquels on peut sauter dans les parcs pour enfants.

En s'approchant, on constate qu'on ne s'est pas trompé... c'est surprenant, elle est toute molle. En nous retournant, un peu plus loin, se dresse devant nous une pyramide plus petite mais splendide. Elle est construite avec de gros cristaux de roches magnifiques! Anna-Élia écarquille les yeux. On court vers l'édifice étincelant, sous le soleil, pour s'en approcher. Ma petite sœur touche la surface de cette pyramide cristalline.

— Adam, dis-moi le nom de ces cristaux, s'il te plaît! Le violet, qu'est-ce que c'est?

— C'est une améthyste, un cristal de quartz qui contient une toute petite quantité de fer dans son système cristallin qui lui donne cette couleur violette.

Anna-Élia continue à regarder en détail la surface de cette pyramide et insiste:

— Allez dis-moi comment s'appellent les autres cristaux!

— Alors là, il y a de la tourmaline, ici du saphir, là une émeraude qui fait partie de la famille des béryls gemmes verts. Et ici regarde, un rubis tout rouge!

On y passerait des heures, il y en a tellement, tous plus beaux les uns que les autres.

Cependant on ne peut pas, il faudrait qu'on soit à la maison pour le goûter! Peut-être que maman aura encore fait des crêpes. Pour ne pas tarder dans cet imaginaire, nous devons trouver le sphinx qui nous indiquera comment atteindre le propriétaire de la montre à gousset. Je prends la main droite d'Anna-Elia pour la tirer un peu plus loin afin d'avancer. Là, ce sont trois pyramides de tailles moyennes que nous découvrons devant nous: l'une faite de bonbons et de toute sorte de friandises multicolores, une autre faite en peau de bêtes, on dirait des peaux de chameaux et la troisième est une pyramide métallique, couleur bronze. Elle est ornée de crans, comme des petites marches, à sa surface. Elle est vraiment très jolie aussi. En regardant sur notre droite à environ 200 mètres, il y en a une autre, la dernière du groupe et la plus petite, qui semble être faite en sable. On a l'impression de voir un pâté de sable sur la plage. Et entre nous et cette pyramide sableuse, on aperçoit enfin le sphinx au milieu de ces six pyramides, sans compter celle qui est en construction.

— Anna-Élia, il faut y aller, regarde, il est là-bas!

Mais Anna-Élia a déjà pris la direction opposée pour se rapprocher de la pyramide de friandises... évidemment! En plus d'être attirée par ce qui brille, Anna-Élia est très gourmande et elle ne peut résister à l'appel du sucre!

Je cours vers elle, je lui reprends la main et lui dis:

— Anna-Élia, vient vite, nous n'avons pas le temps d'aller par-là, il faut rencontrer le sphinx!

Anna-Élia fait la grimace, quel effort elle doit produire pour faire ce demi-tour!

Elle résiste et après un long moment, c'est bon, elle consent. Ouf!

La voilà avec moi nous approchant du sphinx que je trouve bien foncé... En arrivant encore plus près, à quelques mètres de lui, je n'ai plus aucun doute. Sa couleur et cette odeur caractéristique, je m'écrie:

— Il est en chocolat! Tu sens Anna-Élia?

Elle confirme d'un signe de tête, son regard fixé sur lui. Ses yeux sont de gros bonbons roses et il est totalement constitué de chocolat noir. Nous nous approchons et tout à coup le sphinx nous fait un clin d'œil! Nous nous arrêtons, surpris... puis on entend d'une voix douce et rassurante:

—N'ayez pas peur! Vous êtes Adam et Anna-Élia, c'est bien ça?

Aucun son ne sort de nos bouches. Ce qui se passe est trop surprenant: est-ce vraiment cette statue de chocolat qui parle?

Nous ne faisons qu'un signe de tête pour approuver et il continue:

—Bonjour les enfants. Le Maître du Temps m'a fait savoir que vous deviez retrouver le propriétaire d'un objet en votre possession. Vous le retrouverez en récupérant un galet gravé de hiéroglyphes. Il vous indiquera qui est le propriétaire et où il est localisé. Ce galet est caché dans une des pyramides. Quand vous l'aurez trouvé surtout gardez le bien, il vous sera utile jusqu'au moment de rendre l'objet à son propriétaire!

Formidable, nous commençons enfin à avoir des informations intéressantes. J'entends Anna-Élia demander:

—Excusez-moi mais, vous ne nous avez pas dit dans quelle pyramide aller pour trouver ce galet!

—Oui tu as raison Anna-Élia, lui répond le sphinx en chocolat. Alors les enfants, écoutez bien: « Fiez-vous à mes yeux, ils vous indiqueront le chemin. »

Nous nous regardons tous les deux tout en réfléchissant à ce que cela signifie. Je vais pour poser une nouvelle question au sphinx, mais zut, toute la carapace en chocolat se fige et en un instant le sphinx se retrouve muet et immobile. Son message délivré, il s'est retransformé en vraie statue... certes de chocolat, mais immobile.

« Se fier à ses yeux », qu'est-ce que cela veut-il bien dire? Je suis pensif puis je propose à ma sœur:

—Anna-Élia, peut-être que nous devons regarder la direction indiquée par ses yeux. Si nous nous mettons dans sa position et que nous regardons tout droit, quelle pyramide voyons-nous?

—Rien du tout Adam, me répond-elle, regarde il est face au désert, il n'y a aucune pyramide de ce côté.

Cependant j'insiste:

—Ou peut-être qu'elle est très loin dans cette direction et qu'on ne la voit pas d'ici...

—Je n'en suis pas sûre, me dit Anna-Élia. D'ailleurs, ajoute-t-elle pensivement, il n'a pas dit de se fier à son regard mais à ses yeux...

Elle le regarde à nouveau et s'écrie:

—Je sais Adam, regarde ses yeux. Ce sont des bonbons! Il faut que nous allions dans la pyramide construite en friandises!

D'un coup tout devient clair, ça paraît évident et je lui réponds:

—Oui tu as raison, c'est sûrement ça! Allons-y!

—Ouiiii! elle saute de joie en ajoutant, moi qui rêvais de visiter cette pyramide à croquer! Quelle chance on a d'avoir pris cette montre à gousset! Son propriétaire doit être aussi gourmand que moi pour avoir un imaginaire pareil!

Je l'écoute en souriant et nous partons joyeux vers la pyramide sucrée.

En quelques minutes, nous nous trouvons devant l'entrée. La porte faite de sucres d'orge couleur arc-en-ciel et positionnés horizontalement les uns au-dessus des autres, comme des rondins de bois, est entrouverte. C'est surprenant, je ne suis pas rassuré en pénétrant à l'intérieur. Cependant, une fois dedans, tout semble calme et normal. Nous arrivons dans un long couloir tapissé de fraises Tagada® et de roudoudous, ces sucres déposés dans de petits coquillages en plastique qu'on lèche pour les faire fondre.

Contre toute attente, il y fait très clair, il y a un puits de lumière qui arrive du haut de la pyramide, ce qui nous permet de bien profiter des décorations sucrées. Nous voyons aussi très bien cette galerie dans laquelle nous nous enfonçons en descendant.

Je regarde Anna-Élia qui s'est arrêtée pour essayer de décoller un bonbon. Je crie en la voyant faire:

—Non arrête, peut-être que c'est piégé! Tu sais dans les pyramides, pour protéger la tombe qui doit être au-dessus de nous d'ailleurs, il y a plein de zones piégées afin d'arrêter les pilleurs dans leur progression. Il ne faut toucher à rien, tu as bien compris?

—Quoi, c'est impossible! me répond-elle, comment veux-tu que je me promène parmi des milliers de bonbons sans y toucher! C'est un vrai supplice, dit-elle en faisant encore la grimace.

Elle finit par se résoudre à avancer sans toucher...

Nous arrivons enfin dans la salle au bout de la galerie. Elle est magnifique, aussi colorée que le couloir que nous venons de quitter. Elle est tapissée à la fois de boules de chewing-gum de toutes les couleurs et de nombreuses grosses sucettes rondes spiralées de très grosse taille.

Il semble que nous soyons arrivés au bout, il n'y a plus d'issue. Anna-Élia commence à s'inquiéter et me dit:

—Adam, nous avons été aveuglés par cette pyramide depuis notre entrée cependant comment allons-nous faire pour retrouver le galet?

—Je ne sais pas Anna-Élia, mais je suis sûr que nous sommes au bon endroit. En effet, nous avons suivi l'indice du sphinx et depuis que nous sommes entrés, il n'y a qu'un seul chemin. Nous devions donc arriver ici. Il n'y a plus qu'à réfléchir.

— Ça va être difficile, me dit Anna-Élia, je suis incapable de me concentrer avec cette odeur de sucre et tout ce qu'il y a sur les murs... Tout m'attire et je passe mon temps à m'interdire d'y toucher... C'est vraiment trop injuste, ajoute-t-elle en boudant et en croisant les bras.

— Allez Anna-Élia, ne t'énerve pas, et aide-moi plutôt à chercher où pourrait se trouver notre indice. Mais attention ne touche à rien!

— Ah! Ça va être facile, me répond-elle en me regardant avec un air ironique.

Chacun de notre côté, nous faisons le tour de la pièce qui ressemble d'ailleurs à notre grenier, par son mur sous pente qui est présent au fond. Je suis attiré par ce mur incliné. Je m'y approche et j'observe que les sucettes sont les unes contre les autres, agencées d'une manière qui me rappelle quelque chose. Je n'arrive pas à trouver, mais j'ai déjà vu cette forme quelque part... Je réfléchis un instant en mettant mes mains dans la poche et je touche la chaîne de la montre à gousset. Je m'écrie:

—Ça y est, j'ai trouvé!

—Quoi, où est le galet? me demande Anna-Elia.

—Non, je n'ai pas trouvé le galet, j'ai trouvé à quoi ressemble l'agencement des sucettes sur ce mur!

—Ah bon, mais à quoi ça nous sert de savoir à quoi ça ressemble, me lance Anna-Elia?

—Si, regarde bien Anna-Élia, comment les sucettes sont mises les unes à côté des autres. Cette forme ressemble aux engrenages de notre montre à gousset que nous avons vus au dos, sous le couvercle que tu avais fait tomber en frottant!

—Et alors, c'est une bonne nouvelle ça? me demande-t-elle.

—Oui, peut-être que ce mur et la montre sont reliés dans cet imaginaire et si je remonte celle-ci, les sucettes vont déclencher un mécanisme qui nous permettra de trouver le galet!

—Waouh! Là il fallait la trouver cette idée! me dit-elle avec les yeux ronds tout surpris.

Et tout en récupérant la montre à gousset de ma poche, je lui réponds:

—Bon, essayons!

Je la tiens maintenant dans mes mains. Je retiens mon souffle. Anna-Élia me lance un petit regard de côté tout en se concentrant sur le mur de sucettes. Je commence à tourner le petit bouton argenté de la montre pour resserrer le ressort, et au même instant le mécanisme se met en action. Comme j'avais déjà remonté la montre avant de partir du grenier, je ne peux la remonter qu'un petit peu avant que le bouton ne se bloque. Cependant le mécanisme mural sucré se poursuit. Je saute de joie en criant:

—J'avais raison! Ça marche!

Le mécanisme semble ouvrir une petite porte en bas à droite du mur qui s'est mis en mouvement.

Nous restons sans bouger devant ce spectacle en attendant la fin du processus. Une fois la porte ouverte, je me mets à quatre pattes pour atteindre ce pied de mur penté et je mets la main à l'intérieur de la cachette maintenant ouverte. Anna-Élia, impatiente, me demande:

— Tu touches quelque chose?

Je retire ma main, je recule et je me retourne vers elle en l'ouvrant. Ses yeux s'écarquillent et, en se jetant dans mes bras toute contente, elle s'écrie:

— Oui! On a trouvé le galet avec les inscriptions égyptiennes dessus!

— Les hiéroglyphes Anna-Élia, ces caractères s'appellent des hiéroglyphes!

Je n'ai pas le temps de continuer quand tout à coup, trois hommes armés arrivent dans la salle. Ils n'ont pas l'air gentil, ils ont même l'air plutôt méchant. Je range vite et discrètement le galet dans l'une de mes poches. Je comprends maintenant pourquoi la porte de sucre d'orge de la pyramide était ouverte. Nous sommes arrivés après des pilleurs qui nous devançaient. Ils devaient se trouver dans une autre salle, certainement à la recherche de la tombe et de ses trésors. Le mécanisme que nous venons d'actionner a dû faire du bruit dans les étages supérieurs. Cela les a détournés de leur but premier et les a attirés jusqu'ici. Les voilà maintenant devant nous, ils sont positionnés à l'entrée de la salle et nous, au fond. Anna-Élia, qui a peur, se cache derrière mon dos en me serrant très fort. Mince comment allons-nous sortir de cette situation...

CHAPITRE 4
UNE LÉGENDE BIEN VIVANTE

Je rassure Anna-Élia, cachée derrière moi, en caressant ses bras qui m'entourent le ventre, et je lui chuchote que le Maître du Temps ne doit pas être loin et que tout va bien se passer. À ce moment précis, on sent la terre se mettre à trembler sous nos pieds et tous les murs commencent à se démanteler. En prenant la main d'Anna-Élia pour la mettre au sol, je lui crie:

—C'est un séisme!

Il ne manquait plus que ça, mais c'est peut-être ce qui va nous sauver. En effet, le plafond s'écroule entre nous et les voleurs armés qui, paniqués, sont en train d'essayer de sortir de cette salle isolée. Du plafond, tombent autour de nous des chamallows et des bonbons de toute sorte. On a l'impression d'être coincés sous une « piñata » d'anniversaire, ces grosses boîtes de formes variées et exotiques remplies de bonbons que nous tapons chacun notre tour avec un bâton en bois pour la faire éclater et récupérer sa garniture de friandises. Anna-Élia d'ailleurs semble moins effrayée. Elle admire le spectacle coloré et à l'odeur sucrée. Nous sommes maintenant complètement isolés au fond de la pièce avec aucune possibilité de pouvoir sortir, séparés de l'air libre par une montagne de friandises entre nous et la porte. Nous sommes tous les deux à terre, et pensons qu'enfin c'est terminé quand, tout-à-coup, la terre se remet à bouger.

— Mince ça recommence! me crie Anna-Élia.

Je n'ai pas le temps de répondre quand un gigantesque trou apparaît juste à côté de nous, sur le sol. Je vais pour m'en approcher mais surgit alors, à plus de deux mètres de haut, la tête d'un énorme poisson à moustaches, tout bariolé, dans les tons bleus. Après avoir crié en chœur, Anna-Élia et moi faisons un bond en arrière. Je me dis: « alors là vraiment, c'est de plus en plus absurde »... En effet, admirez le tableau: nous sommes dans la dernière partie de la salle la plus profonde d'une pyramide de friandises, séparés de la porte de sortie par une multitudes de sucreries et vient d'apparaître des entrailles de la Terre, juste à côté de nous, là, un poisson-chat bleu. Il ne manquerait plus qu'il se mette à parler...

À cet instant, nous entendons:

—Bonjour les enfants, je suis Namazu. Le Maître du Temps m'a demandé de venir vous aider. Je vois que j'arrive à point nommé! nous dit le poisson-chat.

Incroyable, c'est Namazu! Mais qu'est-ce qu'il fait là! Je souris, complètement ahuri d'être là devant lui, depuis le temps que maman m'en parle!

Anna-Élia me regarde et me dit:

—Tu le connais? C'est qui?

Mais j'ignore inconsciemment ma sœur et je m'adresse à Namazu.

—C'est incroyable! Que fais-tu ici? Tu arrives du Japon?

—Oh! Stop! Moi je ne comprends rien! Tu peux m'expliquer, s'il te plaît? me coupe Anna-Elia.

—Pardon Anna-Élia. Voilà, Namazu est le poisson-chat d'une légende japonaise. On parle de lui pour expliquer tous les séismes qui se produisent au Japon.

Puis, je regarde Namazu en lui disant:

—Tu me reprends si je me trompe, d'accord!

Namazu me fait un signe de tête affirmatif et je continue:

—Comme il y a de nombreux séismes au Japon, dès leur plus jeune âge, tous les japonais ressentent des secousses qui leur font peur. Or, il est très difficile pour de jeunes enfants de comprendre l'explication scientifique des séismes. On ne va pas leur dire: « Ne t'inquiète pas, si ça bouge c'est parce que sur terre il y a des plaques tectoniques. Quand elles s'écartent ou qu'elles se rapprochent, cela engendre des contraintes dans les roches qui emmagasinent de l'énergie. Quand les roches n'arrivent plus à se déformer sous la contrainte, elles cassent, libérant cette énergie sous forme d'ondes sismiques, à l'origine des secousses que tu viens de ressentir. » Tu comprends Anna-Élia, c'est bien trop compliqué! Alors, à la place, la légende japonaise fait intervenir Namazu et sa colère pour leur donner une explication avec des mots simples. Ainsi, ils peuvent se rassurer face aux secousses régulièrement ressenties.

— Ah oui, donne-moi l'autre explication avec des mots simples alors, parce que là je n'ai RIEN compris! me dit Anna-Élia.

— La légende japonaise dit que sous la terre et dans les océans, il existe un poisson-chat géant, nommé Namazu, ici présent. Il y vit bien tranquillement. Seulement voilà, pour des raisons que l'on ignore, Namazu subit parfois des contrariétés. Il ne dit rien au début, un peu comme nous quand quelque chose nous dérange. On se retient, mais on sent bien en nous qu'on est contrarié. Et puis avec le temps quand ces contrariétés s'accumulent, la pression est tellement forte qu'on ne peut plus se retenir. C'est pareil pour Namazu! Alors il se met en colère. À ce moment-là, toute l'énergie qu'il gardait en lui pendant la contrariété, sort avec la colère et se propage en faisant trembler la terre ou la mer. Tout dépend où se trouve Namazu au moment de sa colère. C'est ainsi qu'on explique les séismes aux petits enfants japonais.

—C'est exactement ça! me dit Namazu, et maintenant montez sur mon dos que je vous embarque dans mon tunnel pour sortir d'ici!

Avant de monter sur son dos, Anna-Élia ramasse quelques poignées de bonbons tombés à ses pieds et me voyant la regarder elle me dit:

—Depuis le temps que j'en rêvais! tout en me faisant un clin d'œil.

Je souris en la regardant remplir ses nombreuses poches. Puis, nous montons sur le dos de Namazu et nous nous accrochons à ses écailles magnifiques. Avec toutes ces secousses, juste avant le départ, je vérifie dans ma veste si j'ai toujours le galet et la montre à gousset. Je repositionne le galet mais je n'ai pas le temps de rentrer la montre que nous voilà en train de plonger dans le tunnel de Namazu qui nous dit:

— Accrochez-vous bien! C'est parti!

Mince, la montre m'échappe, je la rattrape *in extremis* par la chaîne argentée et je la tiens bien dans le creux de ma main.

Pendant que nous filons entre les roches, je décide de voir l'heure qu'il est. C'est bizarre, elle n'est plus du tout à l'heure! Cela doit faire une heure que nous sommes partis, et je l'avais mise à l'heure juste avant notre départ, il était treize heures. Pourquoi indique-t-elle neuf heures trente du matin? Je suis certain de l'heure indiquée car c'est un écran de vingt-quatre heures, on ne peut pas confondre neuf heures et vingt-et-une heures. Je réfléchis un instant. C'est comme si nous avions remonté le temps. Je décide de la remettre à l'heure, c'est-à-dire quatorze heures.

Au moment où je commence à activer les aiguilles après avoir tiré le petit bouton sur le côté de la montre, nous subissons comme une accélération, notre environnement devient un peu nuageux et Namazu se met à sortir de terre à très grande vitesse. Nous arrivons tout près d'un magnifique fleuve. Il s'arrête et nous demande:

—Que s'est-il passé?

Je ne sais pas quoi répondre. Est-ce encore cette montre qui nous a fait aller plus vite? Je ne vois pas vraiment comment, alors je lui réponds:

—Je ne sais pas, mais il n'y a rien de spécial excepté que nous sommes à l'air libre comme nous l'avions espéré! Donc tout va bien, non?

Je regarde Anna-Élia qui déjà est en pleine observation des alentours et me dit:

—Oui mais là Adam, on n'est plus dans l'ancienne Égypte il y a 4500 ans... et elle ajoute, il y a des voitures, des bateaux, les gens sont habillés comme nous à Shanghai...

Je regarde autour de moi un instant. Finalement, on n'a peut-être pas uniquement accéléré notre déplacement, on a carrément fait un voyage dans le temps! Je regarde Anna-Élia et lui explique:

—J'ai compris! Ce n'est pas une accélération que l'on vient de vivre, on a traversé un passage temporel pour nous retrouver au même endroit mais pas à la même période! Alors oui, ma montre à gousset est bien à l'origine de ce qu'on a ressenti!

Anna-Élia m'écoute attentivement sans bien comprendre, alors je continue:

—Cette montre nous fait voyager dans le temps! Quand on la fait reculer, on va dans le passé et quand on la fait avancer, on va dans le futur. Elle avait quatre heures trente de retard, on est arrivé 4500 ans plus tôt! Là, je l'ai mise à l'heure donc nous sommes dans le présent. C'est incroyable cette histoire, ce doit être un tour du Maître du Temps!

Anna-Élia me dit:

—Ce qui est sûr c'est que nous sommes toujours en Égypte car nous voyons les pyramides au loin! Regarde là-bas, de l'autre côté du fleuve.

—Oui tu as raison, donc ce fleuve c'est le Nil qui s'écoule en Égypte et qui se jette dans la mer Méditerranée! Il va falloir le traverser.

Je me retourne pour voir si Namazu peut nous aider, mais il est déjà reparti.

Anna-Élia de son côté a fait une rencontre. Elle discute avec un petit garçon. Je la rejoins et elle me dit toute contente:

—Adam, le papa de ce petit garçon est propriétaire du bateau là-bas. Il va nous aider à monter discrètement pour passer de l'autre côté!

Avec son sourire, je la vois fière d'elle, alors je lui dis:

—Formidable, mais comment as-tu fait pour qu'il accepte?

—Apparemment il n'y a pas que moi qui aime les bonbons! me dit-elle en chuchotant avec son sourire figé.

Nous voilà en train de suivre ce petit garçon, qui nous fait courir sur la berge du Nil entre des tonneaux, des caisses de bois, des ficelles, des plastiques, des bouteilles vides, des bidons d'huile... Aucun doute, on est bien revenu à notre époque avec sa pollution caractéristique! On s'arrête un instant et je me dis: « même dans cet imaginaire la pollution est présente, c'est surprenant. Le propriétaire de cette montre doit vraiment se sentir concerné ». Puis j'entends Anna-Élia s'écrier :

— Regarde Adam, il suffit de toucher à tous ces détritus avec ton doigt et hop, ils disparaissent en fumée colorée !

Et elle se met à toucher aux bouteilles plastiques qui disparaissent une à une, comme elle vient de le dire. Des fumées roses, violettes, bleues... nous entourent, c'est magnifique ! En un clin d'œil, toute la berge est nettoyée et propre ! Je lui dis :

— Ce serait formidable si c'était comme ça dans notre monde hein, Anna-Élia ! Allez, on continue jusqu'au bateau et on nettoie toute la rive en passant, d'accord ?

— Oui d'accord, me répond-elle.

C'est ainsi, sortant d'un brouillard coloré, que nous arrivons au bateau.

CHAPITRE 5
L'ARCHÉOLOGUE

Après nous être faufilés, grâce à notre petite taille sur le bateau, aidés de notre ami friand de sucreries, nous voilà au beau milieu du Nil. Assis sur le pont du bateau, cachés derrière des caisses en bois, nous traversons tranquillement le fleuve. Une croisière sur le Nil, que c'est agréable! C'est un bon moment de repos et que rêver de mieux quand chez nous, nous sommes coincés loin de nos amis et des activités extérieures.

Nous pouvons enfin prendre le temps d'observer notre galet. Depuis que nous l'avons récupéré, nous n'avons pas eu une minute de répit pour le regarder sous toutes ses formes et comprendre son message qui devrait nous permettre de retrouver le propriétaire de notre montre à gousset.

Je sors de ma poche le galet beige qui n'est pas plus gros que la paume de ma main. Sur l'un des côtés les plus plats, des hiéroglyphes sont inscrits en noir. Je le présente à Anna-Élia:

—Regarde Anna-Élia, voilà notre indice. Dessus, il doit y avoir les informations pour savoir où aller dans la suite de notre balade.

—Ah bon, tu sais lire ça toi? me demande-t-elle.

—Non, je réponds, je ne sais pas, mais je sais qui pourrait nous aider.

—Qui ça? m'interroge-t-elle.

—Un archéologue, spécialiste de l'Égypte qu'on appelle alors un égyptologue. En général, les archéologues sont des personnes qui font des fouilles pour retrouver des indices sur les civilisations passées. Avec des cordes, ils font des quadrillages sur le sol qu'ils numérotent. Avec un pinceau et des petites pelles, ils fouillent le terrain ciblé. Dès qu'ils trouvent quelque chose, ils notent le numéro du quadrillage d'où il provient et ils le préservent pour l'étudier en laboratoire ensuite. On peut même les dater parfois et savoir de quelle période provient ce qu'on a trouvé.

Anna-Élia m'arrête:

—Et ils savent lire les hiéroglyphes?

—Ceux qui sont spécialisés sur l'Egypte, les égyptologues, se sont perfectionnés sur la lecture des hiéroglyphes pour comprendre les inscriptions qui sont gravées sur les murs des pyramides et sur les pierres. La pierre la plus connue est la pierre de Rosette, découverte et décodée par Monsieur Champollion, un Grenoblois, comme Paul et Juliane notre grand frère et notre grande sœur! Grâce à son travail, réalisé au début du XIXe siècle au temps de Napoléon, on a compris comment lire les hiéroglyphes. Il faut donc que nous trouvions un égyptologue et il pourra nous dire ce que nous devons faire pour retrouver le propriétaire. Le problème, c'est que je ne sais pas où on va le trouver...

—On pourrait retourner voir les pyramides. Il y aura peut-être des égyptologues en train de travailler! propose Anna-Élia.

—Oui bonne idée! Et regarde en plus nous sommes arrivés de l'autre côté! Notre croisière sur le Nil est terminée!

Nous nous levons et tout en restant cachés derrière des caisses, nous nous faufilons vers une planche en bois qui nous permet de sortir du bateau. Là aussi, en passant, nous nettoyons la rive en nous amusant des couleurs des fumées qui en sortent. Remontés de la berge, nous regardons la direction à prendre. Je pointe les pyramides du doigt et je dis à Anna-Élia:

—C'est par là!

—Quand même c'est loin non? Comment nous allons faire pour y être rapidement?

Je la rassure et en lui posant la main sur l'épaule, je lui dis:

—Ne t'inquiète pas, on trouvera bien une solution! À chaque fois on en trouve une!

Ma sœur retrouve son sourire et nous partons d'un bon pas. Là encore, sans aucune explication, nos pas nous permettent d'avancer plus vite que ce que nous ne pouvons marcher, comme tout à l'heure dans le désert! On est comme sur un tapis roulant. Anna-Élia qui ne l'avait pas remarqué la première fois, s'en amuse maintenant!

—Adam c'est facile regarde, on a l'impression de faire des pas de géants! me dit-elle toute enjouée.

—Oui, tu vois, les solutions s'offrent à nous sans que nous ayons besoin de nous en occuper! et j'ajoute en marchant, c'est que le Maître du Temps ne doit pas être bien loin!

Très vite nous arrivons au désert. À nouveau nous nous régalons des couleurs du sable qui sont toujours aussi magnifiques. Nous voyons maintenant très bien les pyramides qui ne sont plus très loin, mais alors que j'essaie de repérer si nous pouvons voir le sphinx depuis notre position, je vois à mi-chemin entre nous et les pyramides, une tornade de sable se diriger droit sur nous.

—Mince, je m'écrie et j'ajoute, Anna-Élia regarde devant nous!

Elle se rapproche de moi, me prend la main et me dit:

—Mais qu'est-ce qu'on va faire on n'a nulle part où s'abriter.

Elle n'a pas tort, au milieu du désert, un abri est peu commun. Je regarde autour de moi et dans cette mer de sable, j'aperçois un rocher qui semble nous arriver à la taille.

—Si regarde là-bas, ça fera l'affaire, on va se mettre derrière, assis, pour s'y abriter.

On a tout juste le temps de nous protéger que la tornade est déjà là. Je crie à Anna-Elia:

—Protège tes yeux!

Pourtant, toutes les couleurs de sable mélangées dans ce tourbillon coloré, c'est beau à voir. Ça y est, maintenant elle est juste au-dessus de nous. Nous fermons nos yeux, mais c'est étrange, alors que nous sommes au beau milieu de cette tornade, accrochés l'un à l'autre, une odeur encore sucrée me chatouille les narines. Je sors un peu la langue et c'est juste incroyable. Je m'écris:

—Anna-Élia, ouvre la bouche! Ce n'est pas du sable, c'est du sucre! Goûte!

—Oh ouiiiii! C'est formidable on se retrouve au milieu d'une barbe-à-papa géante et de toutes les couleurs! s'écrie-t-elle.

Depuis notre arrivée, nous marchions sur du sucre et non sur du sable! Le propriétaire de cet imaginaire doit-être sacrément gourmand!

Une fois cette gigantesque tornade sucrée passée, nous nous apercevons que nous sommes arrivés au pied des pyramides. Même assis derrière le rocher, notre tapis roulant a continué à fonctionner, quelle chance! Anna-Élia se relève à peine surprise, il faut dire qu'on commence à être habitués aux événements surprenants depuis le début de notre balade égyptienne!

Nous arrivons devant notre ami le sphinx en chocolat qui nous a aidés tout à l'heure, et... quelques milliers d'années plus tôt! Arrivée devant, Anna-Élia s'écrie:

—Oh regarde il n'a plus de nez! et elle poursuit en me regardant, tu vois, il y en a qui ne se sont pas gênés et qui ont croqué dedans! Ils lui ont mangé tout le nez ces gourmands, il a une drôle de tête maintenant...

Comme elle semble contrariée en croisant ses bras et en faisant la grimace, je lui réponds:

— Tu sais tu n'as pas à les envier, vue la taille du nez, ils ont dû tomber malades et se prendre une bonne crise de foie!

Je lui fais un clin d'œil et nous rions aux éclats.

Puis nous continuons notre visite, cette fois-ci dans les temps modernes. La pyramide en construction tout à l'heure est maintenant bien finie, grande et un peu usée. À ses pieds, un petit groupe de personnes est en train de fouiller. Anna-Élia s'écrie:

— Oh regarde Adam, ce ne serait pas eux dont nous aurions besoin? Des archéologues qui savent lire les hiéroglyphes?

— Oui tu as raison, je lui réponds, nous allons voir s'il y a un égyptologue parmi eux qui aurait ce savoir.

Nous nous approchons du groupe. Personne ne semble surpris de nous voir seuls, au milieu du désert et l'un d'entre eux nous demande:

—Bonjour les enfants, vous cherchez quelque chose?

—Pas tout à fait, je lui réponds. Nous, nous ne cherchons plus, nous avons déjà trouvé! Cependant, nous aurions besoin d'un spécialiste pour nous lire ce qui est écrit dessus.

Je lui tends alors l'objet en lui disant:

—C'est un galet et nous devons suivre les instructions qui y sont inscrites mais nous ne savons pas lire ces symboles! Pouvez-vous nous aider?

L'égyptologue semble complètement ahuri de voir cet objet dans nos mains. Où l'avez-vous trouvé?

Je réponds de façon un peu détournée et en faisant un signe de la main:

—Oh c'est une très longue histoire. Nous avons juste besoin de savoir ce qui est écrit dessus, s'il vous plaît.

L'archéologue, sans trop chercher à en savoir plus, s'agenouille devant nous pour se mettre à notre niveau et commence à décrypter ce qui y est gravé. Il nous dit:

—Alors on peut y observer beaucoup de symboles ayant référence au temps qui passe. Il s'arrête et nous demande:

—Vous savez à quoi ça peut faire référence?

Anna-Élia et moi restons silencieux, un simple regard complice entre nous nous permet de savoir que bien évidemment nous savons à quoi cela fait référence.

Puis il continue en disant:

—Il y a aussi beaucoup de symboles qui font souvent référence à la Reine Néfertiti qui vivait 1350 ans avant Jésus-Christ, donc il y a environ 3370 ans. On y voit aussi, et c'est la dernière chose, des symboles de pyramides. Il n'y a rien d'autre. Donc seulement le temps, Néfertiti et des pyramides.

Puis il se relève et tout en gardant le galet dans sa main qu'il met derrière son dos, il nous dit:

—C'est très intéressant et j'aimerais bien le garder. Les inscriptions sont très anciennes et nous n'en avons aucune de ce type.

Je fais un coup de coude à Anna-Élia qui comprend l'action à mener. Je me rapproche de lui, et insistant je lui réponds:

—Non, ce galet est à nous, il faut absolument nous le rendre car nous en avons besoin.

Alors qu'il est focalisé sur moi. Anna-Élia passe derrière lui et récupère le galet dans sa main mi-ouverte, puis elle part en courant. Très vite je la rejoins.

Un peu comme dans les dessins animés, l'archéologue, surpris, semble avoir eu un moment de réaction avant de nous courir après. Seulement voilà, il a de grandes jambes et pas nous...

CHAPITRE 6
EN AVANT ET EN ARRIÈRE

Alors que nous sommes en train de contourner la pyramide de métal, l'archéologue est vraiment tout près de nous. Tout en courant, j'observe que l'édifice métallique est devenu tout lisse, contrairement à ce que nous avions vu auparavant, l'usure du temps étant passé par là. Seule une petite partie de sa surface est encore crantée. De plus, j'aperçois une fissure à plusieurs mètres de haut de la pyramide métallique. Je décide de faire diversion pour nous débarrasser de l'égyptologue. Je prends alors le galet et je l'envoie vers la surface métallique, juste dans la fissure à environ quinze mètres de haut. De là où il est, l'archéologue en levant les yeux est ébloui par le soleil et a l'impression que le galet retombe dans le sable. Il s'arrête net, en ne comprenant pas pourquoi on vient de lui jeter le galet. Cela nous laisse le temps de nous réfugier derrière la pyramide en peaux de chameaux. Je dis à Anna-Elia:

—Ouf ça a été juste! Il va être occupé pendant un moment. En plus, comme il pense avoir gagné, il ne va plus nous embêter!

—Mais, oui il a gagné! Tu viens de lui envoyer le galet! me répond Anna-Élia essoufflée et contrariée.

—Non Anna-Élia, on va le récupérer avant lui. Tu es prête?

Sans bien comprendre, elle me fait un signe affirmatif de la tête. Je prends la montre en l'avançant de dix secondes. Un souffle nuageux vient encore de nous entourer. Et hop, nous voilà dans le futur, presque 3 ans plus tard. On observe que des fouilles ont été menées dans le sucre, au pied de la pyramide métallique dans la direction où j'avais envoyé le galet.

—Pourvu qu'ils ne soient pas allés fouiller ailleurs qu'au sol, je dis inquiet à Anna-Élia.

Elle me regarde sans rien dire.

Nous vérifions que la voie est libre. C'est bon, il n'y a personne. Je dis à Anna-Élia de rester en bas et j'emprunte le reste des crans de la pyramide métallique pour atteindre la fissure où j'ai envoyé le galet. La montée n'est pas facile. Une grande partie de la surface est presque lisse j'ai du mal à trouver des prises pour avancer dans mon élan. Enfin j'y arrive. La fissure est profonde, mais je peux voir quelque chose qui brille au fond de la craquelure à environ un mètre sur ma droite. C'est bien lui, c'est notre galet! Il faut que je prenne un autre appui pour me déplacer. C'est bon. J'arrive maintenant à me pencher pour l'attraper. C'est fait! Je le dépose vite dans l'une de mes poches et je décide d'utiliser la surface lisse de la pyramide pour descendre en glissant comme sur un toboggan.

Voilà, en quelques secondes je suis sur le sol sucré et je serre Anna-Élia en lui criant de joie:

—On a réussi Anna-Élia!

Enfin, on s'arrête un instant adossé à la pyramide et je dis à ma sœur:

—Alors, maintenant nous savons que le propriétaire de la montre à gousset est une femme. Dans cet imaginaire c'est Néfertiti qui régnait il y a environ 3370 ans. Nous savons aussi que nous allons la rencontrer au pied des pyramides, donc ici. De plus, on est en possession du galet qu'il nous faut garder jusqu'à la fin d'après le sphinx en chocolat. Donc tout est bon, il n'y a plus qu'à aller dans le passé!

—Néfertiti c'était une reine, c'est ça? me demande ma sœur.

—Oui, je réponds. À la maison, j'ai lu dans un livre qu'elle était la femme du pharaon Akhenaton et qu'ensemble ils ont eu six filles!

—Oh c'est presque comme nous, nous on est cinq! Mais eux ils n'ont eu que des filles! cool... me lance Anna-Élia en rigolant.

Toutefois, son sourire s'estompe et un peu inquiète Anna-Élia me demande:

—Comment tu vas faire pour retourner il y a 3370 ans?

—C'est facile, on sait maintenant qu'une heure sur la montre à gousset correspond à mille ans. Si je la retardais de trois heures trente, nous arriverions il y a 3500 ans. Comme c'est un peu plus récent, alors je vais la retarder d'environ trois heures vingt et nous devrions nous retrouver à la bonne période!

—Waou! me lance Anna-Élia, tu es trop fort!

Et nous nous regardons en souriant contents de nous amuser autant tout en faisant de l'histoire, des maths et en ayant appris une légende japonaise!

De façon naturelle et en haussant les sourcils, elle rajoute en soupirant:

—Si ça pouvait remplacer les devoirs...

Après quelques minutes de repos, le dos au chaud sur la surface métallique, nous décidons qu'il est temps d'aller à la rencontre de Néfertiti. Je prends alors la montre, j'actionne les aiguilles pour la remonter trois heures vingt plus tôt. Et hop, le souffle nuageux nous permet sans bouger de nous retrouver au même endroit, dans la même position, mais il y a 3370 ans, à l'époque du Pharaon Akhenaton.

Nous avons le cœur serré... j'espère que mes calculs étaient bons!

Nous regardons de l'autre côté de la pyramide métallique et il semble que ce soit jour de fête. Peut-être que les Égyptiens se sont retrouvés en l'honneur d'un pharaon enterré dans une de ces tombes... Peu importe, ce qui est sûr c'est que tout semble se passer près de la pyramide en pierre que nous avions vue en construction au début de notre aventure.

Il y a des centaines de personnes plutôt en blanc, un grand échafaudage qui supporte une sorte d'estrade juste devant la pyramide concernée et à au moins vingt mètres de haut. Ce doit être pour le pharaon et la reine, ainsi ils domineront l'assemblée et tout le monde pourra les voir. Je propose donc à Anna-Élia de nous rapprocher de cette scène par derrière, en faisant le tour de toutes les autres pyramides vers l'extérieur pour ne pas être vus de la population. Cependant, alors que nous étions en train de faire notre tour, nous sommes repérés par des gardes. Ils s'approchent de nous. Ils sont tellement nombreux qu'on ne peut pas s'enfuir et dès leur arrivée, ils me prennent par les bras, je ne peux pas récupérer ma montre, mais de toute façon, nous ne pouvons pas partir... Mince, nous sommes si près du but.

Anna-Élia, un peu fatiguée, s'écrie contrariée:

—Oh non, pas encore!

Je la regarde, les bras dans le dos, comme elle, en répondant:

—Ne t'inquiète pas, comme à chaque fois, ça va bien se passer!

Et je me dis: « et même si à chaque fois je n'ai jamais de plan... »

Cette fois-ci on nous amène dans la pyramide en pierre, juste tout près de là où nous voulions nous rendre. Sauf, qu'au lieu d'être à l'extérieur pour rencontrer Néfertiti et découvrir la propriétaire de la montre à gousset, nous sommes coincés à l'intérieur dans une salle de l'édifice.

Les gardes nous enferment là-dedans et ressortent, nous laissant seuls.

Cette salle est magnifique, avec des hiéroglyphes sur les murs qui semblent raconter une histoire sur une frise qui fait le tour de la pièce. Anna-Élia me demande :

— Tu peux me raconter l'histoire qui est sur le mur ?

Je lui réponds en souriant :

— Si j'étais capable de lire cette frise de hiéroglyphes, nous n'aurions pas eu besoin de trouver un égyptologue pour nous lire ce qui était inscrit sur le galet, je l'aurais fait moi-même !

Elle met sa main devant sa bouche en souriant et en faisant de gros yeux ronds, comme si elle venait de se rendre compte qu'elle avait dit une bêtise. Je souris et je rajoute :

— Tu sais habituellement dans ces histoires on y met les divinités qui, suivant les conventions égyptiennes, doivent toujours être représentées de profil. Comme je te l'ai déjà dit, ce sont les dieux et les déesses que le pharaon va pouvoir rencontrer dans son autre vie, après la mort. Ainsi son peuple a l'impression de l'aider!

—Ah oui et tu crois que le pharaon revient voir sur les murs de sa tombe pour savoir quoi faire quand il ne comprend pas ce qu'il se passe de l'autre côté? me dit Anna-Élia en éclatant de rire.

Je ris avec elle. C'est vrai que c'est bizarre comme façon de faire!

Après un instant, nous nous ressaisissons et je dis:

—Bon! Anna-Élia, il faut quand même qu'on arrive à sortir d'ici, parce que là si ça continue on ne sera jamais de retour pour le goûter et maman va s'inquiéter!

—Oui tu as raison, me répond-elle, il faut trouver une solution. Nous n'avons qu'à faire le tour de la pièce pour voir si nous trouvons un indice qui nous permettrait de sortir d'ici, comme tout à l'heure!

—Oui bonne idée!

Nous voilà à nouveau chacun de notre côté à observer les murs, le sol et le plafond de cette salle, tous les deux confiants en nos capacités de trouver des solutions dans des situations abracadabrantesques!

CHAPITRE 7
QUELLE SURPRISE!

Tous les deux, coincés maintenant depuis dix minutes à essayer de trouver une solution de sortie, Anna-Élia m'arrête et me dit:

— Adam que cherchons-nous exactement?

— Je ne sais pas, un mécanisme ou quelque chose qui pourrait nous aider!

— Tu m'as dit qu'il ne fallait pas toucher aux murs car il pouvait y avoir des pièges! me rappelle-t-elle.

Je reste sans voix. Je m'assois par terre et je décide de réfléchir. Nous sommes venus jusque-là et nous avons toujours bien suivi les indications. Nous sommes tout près de Néfertiti et nous avons la montre à gousset et le galet. Je me remets debout et je sors le galet de ma poche, et en lui tendant la roche gravée, je dis à ma sœur:

—Regarde, nous avons le galet que le sphinx nous a dit de garder jusqu'au moment où on trouverait Néfertiti. Nous avons trouvé la reine maintenant, donc à quoi peut-il bien nous servir?

Anna-Élia me regarde et me dit:

—Ah c'est ça qu'on cherche! Un endroit où on va pouvoir mettre le galet pour déclencher un mécanisme! me dit-elle.

—Oui je pense que c'est pour ça qu'il fallait que l'on ait le galet avec nous!

Je regarde tout autour de moi et je lui dis:

—On va bien observer chaque détail de la fresque et on va chercher un emplacement de la taille du galet où il pourrait être positionné d'accord?

Anna-Élia est ravie, enfin quelque chose de clair à chercher dans cette pièce! Elle me dit toute joyeuse:

— D'accord, moi je vais par là et toi de l'autre côté!

Et nous voilà tous les deux à rechercher une empreinte du galet où nous pourrions l'incruster dans le mur.

Cette fois-ci c'est rapide, en moins d'une minute avec son œil de lynx, Anna-Élia trouve un trou de la forme et de la dimension de notre galet au milieu des dessins de la fresque. Elle s'écrie en sautant sur place:

— J'ai trouvé Adam, j'ai trouvé!

Je me retourne et je la rejoins:

— Super, oui ça à l'air d'être exactement ça! Je vais le mettre dessus. Ne t'inquiète pas Anna-Élia, même si on ne sait pas du tout ce qu'il va se passer, comme nous utilisons le galet, tout devrait bien aller. C'est un objet que nous devions garder pour rencontrer Néfertiti, donc soyons confiants.

— D'accord, acquiesce Anna-Elia.

J'approche le galet de la frise et tout doucement je positionne le galet dans l'encoche du mur.

Il y rentre parfaitement.

À cet instant, toute la pièce se met à trembler. Anna-Elia me dit :

— C'est peut-être Namazu qui revient ?

Je lui prends la main pour la tirer avec moi vers le centre de la pièce et je lui réponds :

— Non je ne pense pas, attendons de voir et restons calmes.

Nous restons silencieux et nous nous mettons accroupis près du sol pour ne pas tomber. Ça bouge dans tous les sens et on entend un bruit terrible autour de nous. Puis, sous nos pieds, juste au milieu de la pièce, là où nous sommes, nous voyons se dessiner un carré d'environ trois mètres de côté. À cet endroit, le sol commence à se soulever. Nous nous retrouvons sur une sorte de plateforme mobile en pleine ascension, comme un ascenseur sans mur. Nous nous rapprochons dangereusement du plafond ! Anna-Élia s'inquiète et me serre dans ses bras :

— J'ai peur ! On va s'écraser !

Je n'ai pas le temps de lui répondre qu'à ce moment-là, le plafond coulisse et s'ouvre de la largeur de notre ascenseur. Nous passons ainsi à travers tous les étages de la pyramide.

Tout semble se passer à merveille! Je regarde Anna-Élia souriant pour la rassurer quand tout à coup notre ascenseur privé s'arrête subitement. Devant nous une porte s'ouvre et nous voilà à l'extérieur. Nous avançons de quelques pas et là, nous découvrons que nous sommes sur l'estrade suspendue à vingt mètres de haut, réservée pour la reine... Et la reine est là!

Nous sommes à quelques mètres derrière elle, nous allons enfin savoir qui est la propriétaire de notre montre à gousset!

Néfertiti ayant entendu du bruit derrière elle, se retourne et là, quelle surprise!

En chœur nous nous écrions:

—Maman!

C'est incroyable! Nous sommes dans l'imaginaire de maman... D'un autre côté on aurait pu s'en douter ayant une maman géologue et gourmande: les cristaux, les séismes, Namazu, les archéologues, la croisière sur le Nil dont elle rêve depuis des années, les détritus à faire disparaître, les friandises... bref ça correspond bien à maman en effet!

Elle nous dit:

—Mais que faites-vous là les enfants?

Anna-Élia et moi nous jetons dans ses bras:

—Maman! On a trouvé cette montre à gousset dans notre grenier et nous devions la rendre à son propriétaire pour pouvoir rentrer à la maison pour le goûter! Et c'est toi?

—En effet, nous répond maman, c'est la montre à gousset de mon arrière-grand-père, donc de votre arrière-arrière-grand-père qui est à moi maintenant. Je ne savais pas où elle était. Je suis ravie de savoir qu'elle est dans le grenier de notre maison!

D'un coup, sortant de l'ascenseur dont la porte était restée ouverte, le Maître du Temps apparaît.

—Bravo les enfants! nous dit-il, vous avez encore été très forts aujourd'hui pour découvrir le propriétaire recherché!

Il salue maman, puis le Maître du temps ajoute en nous regardant:

— Maintenant, il va falloir rentrer à Shanghai !

Nous sommes ravis car nous allons vite retrouver maman dans le monde réel ! Nous lui faisons un gros bisou, tout en souriant.

Puis il regarde maman et lui dit :

— Pourriez-vous très chère, ajouter 3h20 à cette montre à gousset s'il vous plaît.

Et tout en nous regardant et en nous faisant un clin d'œil, il rajoute :

— Et enlevez dix secondes ensuite !

Anna-Élia et moi nous regardons vraiment contents de notre aventure. Quel après-midi ! Je lui dis :

— Donne-moi la main Anna-Élia, nous allons repasser dans le portail de l'imaginaire !

Puis je regarde le Maître du Temps en ajoutant :

— Au revoir Maître du Temps ! À demain !

— Au revoir les enfants !

En se tournant vers moi il me dit :

— Adam n'oublie pas de passer dans ta chambre à Shanghai, il y a une surprise !

Une surprise ? Bizarre...

Nous nous faisons tous un signe de la main et au moment où maman commence à activer les aiguilles, la lumière bleue apparaît. Elle grandit, grandit et finit par nous entourer totalement et hop, nous sommes aspirés dans ce grand nuage bleu. En quelques secondes, nous revoilà dans le grenier à Shanghai, dans nos habits du matin.

—Chouette! me lance Anna-Élia, vivement demain!

Nous ressortons rapidement du grenier en faisant bien attention à refermer correctement la petite porte après avoir éteint la lumière. Puis, je dis à Anna-Élia:

—Passons par ma chambre, pour voir la surprise dont nous a parlé le Maître du Temps!

—Oui, j'arrive!

J'ouvre la porte de ma chambre et qu'est-ce qui se trouve debout au milieu de la pièce? Un château fort construit de plaques en bois, de tiges en plastique et de formes magnétiques! Exactement ce que j'avais dit à maman que nous ferions cet après-midi! Formidable, elle pourra venir le voir et notre secret restera bien gardé! Elle est loin de s'imaginer que cet après-midi, nous nous sommes promenés dans son imaginaire, même si elle nous y a rencontrés!!

Je ferme ma porte. Anna-Élia sort quelque chose de sa poche de pantalon et en me faisant un clin d'œil elle me lance:

—Une sucette?

Elle n'aura pas perdu sa journée cette gourmande!!

Fin

TABLE DES MATIÈRES

Imprimé en France
978-2-8231-3257-1
Dépôt légal : 2e trimestre 2021